U0094262

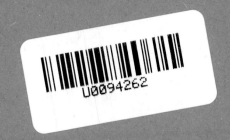

中國書房·唐宋詞集珍本叢刊「一」

國家圖書館藏
建康郡齋本

花間集

【後蜀】趙崇祚 編選　冊一

主編：陳　誼

浙江大學出版社·杭州

學術顧問委員會：

葉嘉瑩　鍾振振

陳紅彥　趙　前

陳尚君　彭玉平

周明初　　陶然

總目

魚梭隱字春流幻

——兩宋浙刻叢刊影印宋紹興十八年建康郡齋刻本《花間集》前言

《花間集》是現存最古老的文人詞總集，收入溫韋及以下十八位詞人詞作五百首，其對宋人小令與後世詞壇的影響，正如陳振孫《直齋書錄解題》所說的『此近世倚聲填詞之祖也』。而南宋紹興十八年晁謙之所刻的《花間集》，又是現存《花間集》最早的版本，其文獻價值與精美程度，遠過他本。

此書總目前鐫『銀青光禄大夫行衛尉少卿趙崇祚集』，據此可知此書的編者。關於趙崇祚的記述很少，他的父親趙廷隱、弟弟趙崇韜的史料要比他豐富得多。除了歐陽炯序中記述他廣政三年（九四〇）輯成《花間集》之外，還有《墨池編》載《唐林罕小説序》説林罕編書過程中『與大理少卿趙崇祚討論』，及《實賓録》記録他『以門第爲列卿，而儉素好士』等。

關於《花間集》的編纂原因與詞藻風格題材體制等，前人多有所述。前後蜀割據六十年，其地理上的相對封閉與安定繁榮，而帶來士人會飲對應歌的新詞的新需求。蜀中文人填詞一時風行，他們的選材大率是旅愁閨怨，卻也有南國風土、邊塞光景、鄉居風物，乃至亡國之思的懷古詠史之作。當然更主要的，還是『詞爲艷科』的觀念奠定：那些極寫『艷』的事物與『艷』的字句，最精緻最熨帖的、應歌合樂佐酒助歡的、文人創作的歌詞。

宋人論詞，如李之儀説唐以來詞『大抵以《花間集》中所載爲宗』，又説柳永詞『較之《花間》，韻終不勝』，陳振孫説小晏詞『追逼《花間》，高處或過之』，曾慥説歐陽脩詞『婉約風流，直接五代，乃《花間》之正派』、羅大經以爲歐陽脩文章詩詞諸體得體式之正『無愧唐人《花間集》』，都是以花間作爲詞體的正宗。

文學的發展，逃不開『反者道之動』。既有追隨者，亦有反對聲音，如劉克莊《滿江紅》『生怕客談榆塞事，且教兒誦花間集』，陸遊跋《花間集》則説『方斯時天下炭炭，生民救死不暇，士大夫乃流宕如此，可歎也哉！或者亦出於無聊故耶？』放翁激於不能恢復的憤慨可佩，不過斥之以流宕掩飾無聊，恐也非《花間集》的所以然。參考編者身世時局，表象之下的隱衷，才是《花間集》產生的基礎。

趙崇祚之父趙廷隱一生經歷頗爲曲折，先事後梁再事後唐，助後蜀開國後曾親射猛虎、拒退石敬瑭軍，孟知祥臨終前讓他做輔政大臣之一。這樣看來，趙崇祚在蜀中也稱得上是簪纓綺之家的貴介公子了，而出身將門、長於富貴又雅好文學，大約是他最爲時人傳頌的特質。

不過新君與輔政大臣向來不免互有猜忌，善遠禍全身者往往故示流連光景以明心意。《北夢瑣言》記趙廷隱南北宅豪奢過於他人，宅後臨江，四岸皆種垂楊，或間雜木芙蓉。後來孟昶將芙蓉種遍成都，四十里如錦繡，因此得名芙蓉城，不知是否從趙家得到了靈感。趙家許士人出入園中讀書、垂釣、清談、作詩，有次岸邊出現一朵並蒂蓮，被渲染成太平祥瑞，士女拖香肆豔看者甚衆。趙廷隱畫圖以進，蜀主歡賞，一時歌詠頗多。此後趙廷隱墓出土，伎樂俑佔陪葬俑的半數，更是佐證了史料的記載，令人想見其筵席之盛。

歐陽炯序裏説趙崇祚『廣會衆賓，時延佳論』，他既與文士交遊甚深，也熟悉伶工歌伎，其『好士』很真切，『儉素』則恐是虛美，而他的崇文除了天性好尚，也不失爲避禍之途。畢竟在《花間集》輯成的第二年，孟昶就以節度使兼任他職留在成都而由幕僚代管本鎮造成弊端爲由，罷去了趙廷隱等人節度使之職。

文學家有個人天分際遇之別，文學風潮則多爲一時風氣造就。所謂『西園英哲，用資羽蓋之歡；南國嬋娟，休唱蓮舟之引』，聽曲識曲者的身份都已抬到了與既富且貴、文章聲名百代的三曹相比，那麼不盡雅緻的舊歌詞自然在政治與文學的雙重身份上難以匹配。趙崇祚及其交遊的文士們要追求『清絕之辭』，是一種朦朧的『文學的自覺』。

陳匪石說花間集『甄選之旨，蓋擇其詞之尤雅者，不僅爲歌唱之資，名之曰詩客曲子詞，蓋有由也……當時海內倀擾，蜀以山谷四塞，苟安之餘，弦歌不輟，於此可知。』拈出『詩客曲子詞』的文人特質，以及蜀中對安樂小天地的營造，極具慧眼。《資治通鑒》說前蜀開國時，『唐衣冠之族多避亂在蜀，蜀主禮而用之，使修故事。故其典章文物，有唐之遺風。』安史之亂中的唐玄宗、黃巢起兵時的唐僖宗，都曾入蜀避難。有學者指出，《花間集》偏好經由蜀地入長安的西南夷樂如《菩薩蠻》《清平樂》，主要是避亂蜀中的士族帶來的教坊曲，也是唐之遺風的賡續。

曲是舊曲，詞卻要新詞。歐陽炯序綺艷清新，有些是駢文不免的裝飾故實，如上溯西王母爲周穆王唱的《白雲謠》、郢人歌《陽春》，不過是取自古已有可歌之詞的意思；《楊柳枝》代表的樂府是歌詩的傳承，至於南朝宮體北里倡風，則是花間之旨的對立面了。而其實寫之筆，乃在『在明皇朝，則有李太白應制《清平樂》詞四首。近代溫飛卿復有《金荃集》。』邇來作者，無媿前人』。以李白爲引，更尊溫庭筠爲花間第一人，所收亦最多。推崇溫韋，納入花間系統，並在新詞中追摹唐賢，有種曲折地眷戀前朝的史筆意味。而蜀中受戰亂波及較少，又幫助他們塑造了依然身處大唐盛世的幻覺。

安樂在茲，蜀中仿佛一個文學的溫室，這種與外界相異的小氣候滋養了詞的一時繁榮。然而所收諸作憂患之情仍有流露，即使歐陽炯自己也有懷古如《江城子》：『晚日金陵岸草平。落霞明。水無情。六代繁華，暗逐逝波聲。空有姑蘇臺上月，如西子鏡照江城。』詠懷距蜀地遙遠的金陵姑蘇的用

心，恐怕並非簡單的用典套路可以解釋。即使儂歡我怨之詞，如尹鶚《臨江仙》，俞

陛雲評曰：『其時身值亂離，懷人戀闕，每緣情托諷』，並把結句『梧桐葉上，點

點露珠零』拿來與張炎亡國哀音的『祇有一枝梧葉，不知多少秋聲』相比。尹鶚

此詞並非花間上乘，但一樣有典型的花間美感特質——可從男歡女愛裏析出的豐

富意義。既然面對歷史變遷積累的情緒需要排遣，那麼花間中大部分作品以詞流

裾展點綴升平，酒食燕遊身沉湎，則成了長醉不用醒的工具。

　　蜀人輯錄的詞集宗尚晚唐的某類風格，隱有回首惘然今昔之感，這麼看《花

間集》的編輯脈絡有一點類似生物學的孑遺物種概念：過去司空見慣的事物，而

現僅於某些局部地區才有成型的群落。歷史遷變帶來的散亡不可勝紀，被蜀人保

留下來的這些唐五代詞，在輯錄成書時已經有了一點活化石的意味，這種不盡出

於自願的歷史淘洗，卻又是後世詞體經典化的過程中絕不可無的一環。

　　花間集的深美精微，試以序中『纖綃泉底，獨殊機杼之功』一句論之。鮫人

是唐人熟典，他們居於水邊，不屬化內。而這類人之物竟又很富於感情。擅長紡織薄綃，一名龍紗，其價百餘金，有

人。杜甫詩『鮫館如鳴杼』、『鮫人織杼悲』，用鮫人織聲狀近水雨聲之清淒，鮫臨去要泣淚成珠贈給收留他的

人機杼確乎可擬文字之工；而泣淚成珠的傳說，往往給此典的使用帶來迷離的悵

惘之情；其所居之荒陬譎詭，可喻海濱之人；綃是生絲織成，其纖維精細、輕薄

挺括，移以形容花間主要詞材，再恰切不過。同一意象的交疊，作者之心未必然，但

從後世讀者的角度，不難讀出累累沉積層中暈出的多義麗色：『纖綃泉底，獨殊

機杼之功』兼有獨出機杼之才、悵惘之緒、風土異於中原的自我認識的意味，以

及輕薄材質所織成的脆弱文學溫室幻夢的隱喻。

　　即使在『輕薄』的選材裏，花間諸詞對文學疆域的拓展，還是愈讀愈覺百味

俱存。所以陸遊晚年，又改變了對《花間集》的看法：『唐自大中後，詩家日趣

淺薄。其間傑出者，亦不復有前輩閎妙渾厚之作，久而自厭，然梏於俗尚，不能拔出。會有倚聲作詞者，本欲酒間易曉，頗擺落故態，適與六朝跌宕意氣差近，此集所載是也。故歷唐季五代，詩愈卑而倚聲者輒簡古可愛。蓋天寶以後，詩人常恨文不迫；大中以後，詩衰而倚聲作。使諸人以其所長格力施於所短，則後世孰得而議？筆墨馳騁則一，能此不能彼，未易以理推也。』真是奇妙，志士如陸遊，晚年再讀花間，不再憤激於『流宕』，反認爲與六朝跌宕相仿，引出了對文體規律的思考。陳振孫也有類似之論：『詩至晚唐五季，氣格卑陋，千人一律，而長短句獨精巧高麗，後世莫及。此事之不可曉者，放翁陸務觀之言云爾。』

刻此本《花間集》的晁謙之，字恭道，澶州（今河南濮陽）人。渡江親族離散，謙之極力收恤，因居信州。南宋紹興十五年（一一四五）以敷文閣直學士、右朝奉大夫知建康府兼江東撫使，此書當在其建康任内刻成。王明清《揮塵錄》提到他在上饒客寓惇家時『日夕往來，杯酒流行』，與呂本中、鄭望之等爲詩酒交。王明清不無惋惜地說，後來士大夫待客，再不復教婢女小奴誦《赤壁賦》的蘊藉，而是『悉轉而爲鄭衛之音』唱詞宴客了。吳億《燭影搖紅‧上晁恭道》有『麗譙吹罷單于晚』句，看來晁謙之除了持守家傳素業，也頗好聽曲。比起誦賦，退食時以詞消遣更接近於宋人日常生活，這應爲晁謙之刻《花間集》的原因之一。

書末刻有晁謙之跋：『右《花間集》十卷，皆唐末才士長短句，情真而調逸，思深而言婉。嗟乎！雖文之靡無補於世，亦可謂工矣。建康舊有本，比得往年例卷，猶載郡將監司僚幕之行，有《六朝實錄》與《花間集》之贋，又他處本皆訛舛，廼是正而復刊，聊以存舊事云。紹興十八年二月二日濟陽晁謙之之題。』『無補於世，亦可謂工』，折中了關於《花間集》的矛盾認識。這些詩客曲子詞的流傳，除了伶工歌伎的傳唱、風流郡守的主持，也有刻工的助力，此書記載了九位刻工的名字：鄭珣、周清、章旼、毛仙、劉寶、王琮、于洋、林青、黃祥。卷一首葉所鈐『永』叔『修』朱文方印二印，或許是假託歐陽脩舊藏。其此書遞藏有序，觀鈐印可知歷代藏者觀者不乏王寵、席鑒、朱筠等名家。

實無須添足，已足可寶。歸於公藏之前的藏者孫祖同，曾藏有宋版《尚書圖》、元版《廣韻》、明版一百四十種。黃裳回憶，孫從張珮綸遺族處購得四種宋版，以此書爲最精。孫氏大喜過望，請徐鴻寶鑒定後，當場表示要請良工重新裝池。徐氏聞言大驚，苦勸他不要亂動，說此書舊裝還在清初，簽題皆出名手，雖然少有脫漿無礙於收儲，而現在很少有能裝潢宋版書的名工云云，陳情激動處幾乎要爲此書長跪乞哀，孫氏方收回原議。黃裳等也應邀到他家裏去鑒賞過，一見便讚歎不已：『這真是非凡的善本。傳世《花間集》宋本有兩部，一部是海源閣舊藏，後歸周叔弢，現存北京圖書館，就遠不及此本之精。這一本是席玉照的藏書，多年來不知下落，現在終於出現了。』而不久後，孫氏將這四種宋版連同其他百多種明本書一起讓給了北京圖書館。『他也不再買書，我也極少再遇見他，不知他又在「收藏」什麼別的寶貝了。』

古之藏書家即使有緣得遇珍本孤本，不免錯肩悵悵，或失之慊慊，《花間集》上所鈐『永好』、『子子孫孫永保之』，俱爲虛願，也不利流傳。公藏之利，則便於天下讀書人。此次唐宋詞集珍本叢刊影印宋紹興十八年晁謙之建康郡齋刻本《花間集》，允爲詞壇佳話。曩日藏主親故才有緣一睹真容的非凡善本，今可化身百千，於讀者家中牙籤插架，誠爲時代與技術的餽贈。不揣冒昧，謹以小詞《菩薩蠻》繫後：

魚梭隱字春流幻。鷗弦膩耳風拘管。繰藕得鮫絲。揾珠光陸離。

七襄河漢邈。再唱舒雲箔。屈曲夢爲屏。願君休解醒。

石任之

提　要

《花間集》十卷。（後蜀）趙崇祚輯。宋紹興十八年（一一四八）晁謙之建

康郡齋刻本

四册。綫裝。半葉八行，行十七字。白口，左右雙邊。版心鐫『花間集第幾』（序

作『花間集序』，目録作『花間集目録』），下鐫葉數及刻工名。版框十八點一

厘米寬十一點六厘米，開本高二十五點三厘米寬十七點四厘米。總目前鐫『花間

集一部十卷』，『銀青光禄大夫行衛尉少卿趙崇祚集』。

趙崇祚（生卒年不詳），字宏基，開封人。後蜀中書令趙庭隱子。崇祚與同

時詞人過往較密，後蜀廣政三年（九四○）官銀青光禄大夫行衛尉少卿，集晚唐

以來十八家曲子詞五百首，編爲《花間集》十卷。

本書是今存最完整的早期詞家作品選集。陳振孫《直齋書録解題》卷二十一

歌詞類著録云：『《花間集》十卷。蜀歐陽炯作序，稱衛尉少卿字宏基者所集，未

詳何人。其詞自温飛卿而下十八人凡五百首，此近世倚聲填詞之祖也。詩至晚唐

五季，氣格卑陋，千人一律，而長短句獨精巧高麗，後世莫及。此事之不可曉者，放

翁陸務觀之言云爾。』

此書爲《花間集》現存最早版本。與淳熙公文紙遞修本所收内容、次第相同，而

目録訛誤有别。書中有小注十一處，宋時别本異文賴此以存，頗具考證價值。卷

一至三爲第一册，卷四至五爲第二册，卷六至八爲第三册，卷九至十爲第四册。

晁謙之（？—一一五四），字恭道，澶州（今河南濮陽）人。渡江親族離散，謙

之極力收恤，因居信州。南宋紹興十五年（一一四五）以敷文閣直學士、右朝奉

大夫知建康府兼江東安撫使，由是刻《花間集》於建康郡齋。卒葬鉛山鵝湖。

刻工有鄭珣、周清、章皎、毛仙、劉實、王琮、丁洋（此名僅一見，其後一

葉即署于洋，疑即于字之誤。）、于洋、林青、黃祥、祥（此名數見，皆緊接署黃祥葉後，或即黃祥之省。）。

避諱有『玄』（卷二葉五皇甫松《楊柳枝》『玄宗侍女舞青絲』）、絃（卷二葉八韋莊《菩薩蠻》『絃上黃鶯語』）缺末筆。歐陽炯序『今衛尉少卿字弘基』弘字缺末筆，『數十珊瑚之樹』樹字缺末筆。鏡（歐陽炯序『竟富鐏前』）、鏡（卷一葉一溫庭筠《菩薩蠻》『照花前後鏡』等處）、竟（卷一葉二溫庭筠《菩薩蠻》『心事竟誰知』）均缺末筆；驚（卷一葉四溫庭筠《更漏子》『驚塞雁』）缺捺筆。又，歐陽炯序『字字而偏諧鳳律』諧字缺『白』部中一橫。卷二葉三溫庭筠《思帝鄉》『唯有阮郎春盡不歸家』春字缺『日』部中一橫。此二處不知是否爲缺筆避諱。

歐陽炯序後有總目，不錄。書末刻有晁謙之跋，云：

右《花間集》十卷，皆唐末才士長短句，情真而調逸，思深而言婉。嗟乎！雖文之靡無補於世，亦可謂工矣。建康舊有本，比得往年卷，猶載郡將監司僚幕之行，有《六朝實録》與《花間集》之贐，又他處本皆訛舛，廼是正而復刊，聊以存舊事云。紹興十八年二月二日濟陽晁謙之題。

鈐有『顏仲／逸印』白文方印、『南／州』朱文方印、『張印／繼超』白文方印、『超／然』朱文方印、『張遠／之印』白文方印、『結一廬藏』朱文橢圓印、『徐乃／昌讀』朱文方印、『長宜』白文長方印、『王寵／履吉』白文方印、『子清／真賞』朱文方印、『席氏／玉照』朱文方印、『席鑑／之印』右白左朱方印、『筠／清』朱文圓印、『趙／宋本』朱文圓印、『軍曲／侯印』白文方印、『永好』白文長方印、『子子孫孫／永保之』白文方印、『佚居／永言』朱文方印、『子／清』朱文方印、『仁龢／朱澂』白文方印、『侯印／富民』白文方印、『靈石楊／氏墨林／藏書之印』朱文方印、『會稽孫／伯繩平／生真賞』朱文長方印、『永／叔』白文方印、『修』朱文方印、『處順軒』白文長方印、『虞山席／鑑玉照／氏收藏』朱文方印（以上兩印，偽）、『處順軒』白文長方印、『虞山席文方印、『釀華／艸堂』白文方印、『桃原／衣冠』朱文方印、『子清／校讀』朱文長方印、『朱澂／之印』白文方印、『莫山／珍本』朱文長方印、『朱印／錫庚』白文方印、『虛靜／齋』白文方印、『祖同／伯繩』朱白相間方印（左上右下朱文、右上左下白文）等。

此書遞藏有王寵、張遠、席鑒、朱筠、楊尚文、朱澂、張佩綸、孫祖同。孫氏，浙江山陰（今屬浙江紹興）人，遷居江蘇虞山。藏書有宋版《花間集》《尚書圖》、元版《廣韻》、明版一百四十種。晚年藏書售與北京圖書館。藏書印中所見藏家亦有顏仲逸、張繼超、侯富民等，尚待進一步考證。

此書刊刻雖極精，然校核正文，目錄訛誤亦不少，如下：

總目著錄牛嶠詞三十三首，誤，實收三十二首，韋莊四十七首，誤，實收四十八首；孫光憲六十一首，誤，實收六十首；毛熙震三十首，誤，實收二十九首。

卷三目錄漏題五十首不誤，於韋莊下誤注二十五首，於張泌名下總題二十三首，誤，實收韋詞共二十六首。

卷四目錄漏題總首數。於牛嶠名下總題二十六首，然牛嶠名下《江城子》注作二首（『二』字似為後添一橫），以各調首數相加牛詞當為二十七首，本卷實收詞當為五十首。苟以此計則本卷收詞四十九首。

卷七目錄漏題總首數，實收詞五十首，顧敻名下《更漏子》（二首），誤（二字下橫似為添描），實收《更漏子》一首。

卷九目錄尹鶚詞六首，卷內漏題作者名。

卷九目錄所記閻選《浣溪沙》一首、毛熙震《浣溪沙》七首。卷內調名皆題作《浣沙溪》。

卷十目錄所記李珣《浣溪沙》四首。卷內調名亦題作《浣沙溪》。

石任之

花間集詳目

花間集序

　　　　　武德軍節度判官歐陽　烱撰

鏤玉彫瓊擬化工而迥巧裁花剪葉奪春艷

以爭鮮是以唱雲謠則金母詞清挹霞醴則

穆王心醉名高白雪聲聲而自合鸞歌響遏

青雲字字而偏諧鳳律楊柳大堤之句樂府

相傳芙蓉曲渚之篇豪家自製莫不爭高門

下三千玳瑁之簪曾富轉前數十珊瑚之樹

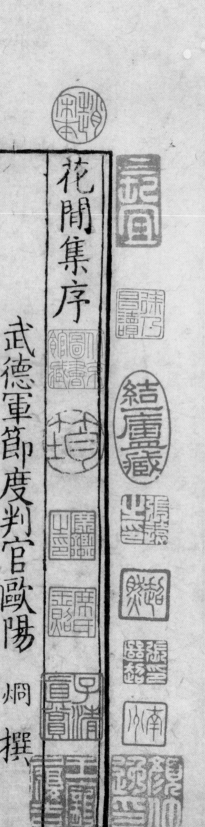

則有綺筵公子繡幌佳人遞葉葉之花牋文

抽麗錦舉纖纖之玉指拍按香檀不無清絕

之辭用助嬌饒之態自南朝之宮體扇北里

之倡風何止言之不文所謂秀而不實有唐

巳降率土之濱家家之香逕春風寧尋越艷

處處之紅樓夜月自瑣常娥在明皇朝則有

李太白應制清平樂詞四首近代溫飛卿復

有金筌集邇來作者無媿前人今衛尉少卿

字弘基以拾翠洲邊自得羽毛之異織綃泉

底獨殊機杼之功廣會衆賓時延佳論因集

近來詩客曲子詞五百首分爲十卷以烱粗

預知音辱請命題仍爲序引昔郢人有歌陽

春者號爲絶唱乃命之爲花間集庶以陽春

之甲將使西園英哲用資羽蓋之歡南國嬋

娟休唱蓮舟之引時大蜀廣政三年夏四月

日序

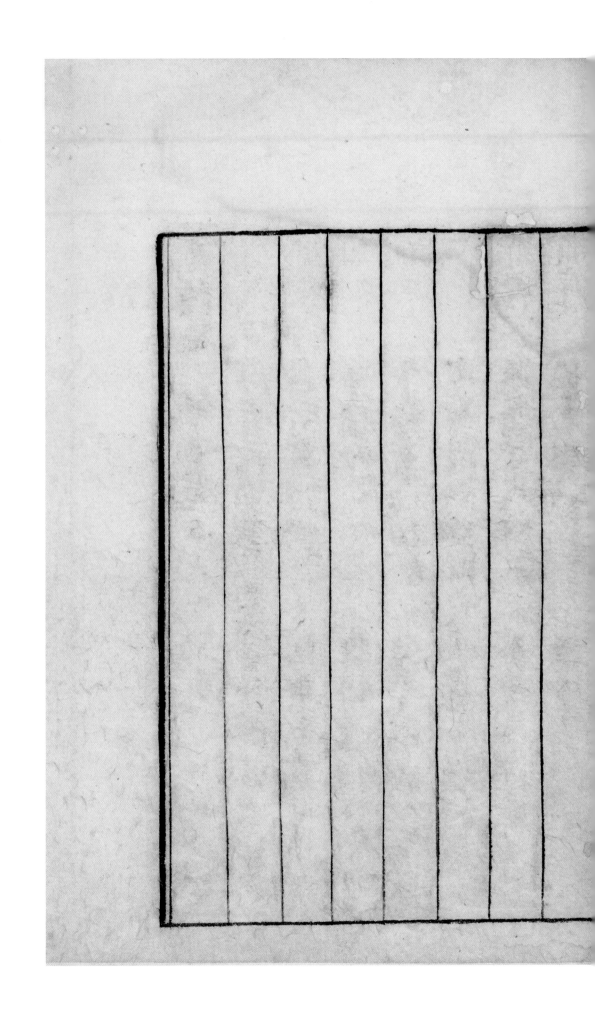

花間集一部十卷

銀青光祿大夫行衛尉少卿趙崇祚集

魏太尉承斑十五首

鹿太尉虔扆六首

閻處士選八首

尹察卿鶚六首

毛祕書熙震三十首

李秀才洵三十首

花間集卷第一

溫助教 庭筠 五十首

菩薩蠻 十四首

更漏子 六首

酒泉子 四首

楊柳枝 八首

河瀆神 三首

玉胡蝶 一首

女冠子 二首

南歌子 七首

定西番 三首

歸國遙 二首

菩薩蠻

溫庭筠

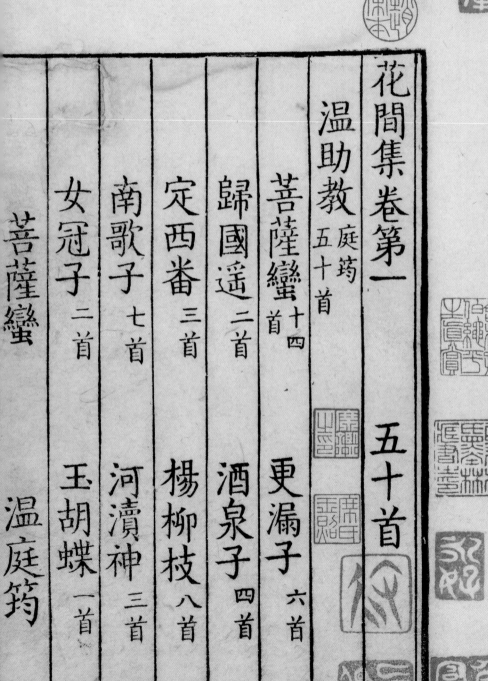

小山重疊金明滅鬢雲欲度香顋雪懶起畫

蛾眉弄粧梳洗遲　照花前後鏡花面交相

映新帖繡羅襦雙雙金鷓鴣

水精簾裏頗黎枕暖香惹夢鴛鴦錦江上柳

如煙雁飛殘月天　藕絲秋色淺人勝參差

剪雙鬢隔香紅玉釵頭上風

藥黃無限當山額宿粧隱笑紗窓隔相見牡

丹時暫來還別離　翠釵金作股釵上蝶雙

舞心事竟誰知月明花滿枝、

翠翹金縷雙鸂鶒水紋細起春池碧池上海

棠梨雨晴紅滿枝　繡衫遮笑靨煙草粘飛

蝶青瑣對芳菲玉關音信稀

杏花含露團香雪綠楊陌上多離別燈在月

朧明覺來聞曉鶯　玉鈎褰翠幕粧淺舊眉

薄春夢正關情鏡中蟬鬢輕

玉樓明月長相憶柳絲裊娜春無力門外草

萋萋送君聞馬嘶　畫羅金翡翠香燭銷成

淚花落子規啼綠窗殘夢迷

鳳皇相對盤金縷牡丹一夜經微雨明鏡照

新粧續輕雙臉長　畫樓相望久欄外垂絲

柳音信不歸來社前雙鸎迴

牡丹花謝鸎聲歇綠楊滿院中庭月相憶夢

難成背窗燈半明　翠鈿金壓臉寂寞香閨

掩人遠淚關千鸎飛春又殘

滿宮明月梨花白故人萬里關山隔金鴈一

雙飛淚痕沾繡衣　小園芳草綠家住越溪

曲楊柳色依依鶯歸君不歸

寶函鈿雀金鸂鶒沉香關上吳山碧楊柳又

如絲驛橋春雨時　畫樓音信斷芳草江南

岸鸞鏡與花枝此情誰得知

南園滿地堆輕絮愁聞一霎清明雨雨後卻

斜陽杏花零落香　無言勻睡臉枕上屏山

擣時節欲黃昏無憀獨倚門

夜來皓月繞當午重簾悄悄無人語深處麝

煙長卧時留薄粧　當年還自惜往事郍堪

憶花露月明殘錦衾知曉寒

雨晴夜合玲瓏日萬枝香裊紅絲拂閑夢憶

金堂滿庭萱草長　繡簾垂㫄景歛眉黛遠山

綠春水渡溪橋凭欄魂欲銷

竹風輕動庭除冷珠簾月上玲瓏影山枕隱

穠粧綠檀金鳳皇　兩蛾愁黛淺故國吳宮

遠春恨正關情畫樓殘點聲

　更漏子

柳絲長春雨細花外漏聲迢遞驚塞鴈起城

烏畫屏金鷓鴣　香霧薄透簾幕惆悵謝家

池閣紅燭背繡簾垂夢長君不知

星斗稀鍾鼓歇簾外曉鶯殘月蘭露重柳風

斜滿庭堆落花　虛閣上倚欄望還似去年

惆悵春欲暮思無窮舊歡如夢中

金雀釵紅粉面花裏暫時相見知我意感君

憐此情須問天　香作穗蠟成淚還似兩人

心意山枕膩錦衾寒覺來更漏殘

心待郎燻繡衾　城上月白如雪蟬鬢美人

相見稀相憶久眉淺澹煙如柳垂翠幕結同

愁絕宮樹暗鵲橋橫玉籤初報明

背江樓臨海月城上角聲鳴咽堤柳動島煙

昏兩行征鴈分　京口路歸帆渡正是芳菲

欲度銀燭盡玉繩低一聲村落雞

玉鑪香紅蠟淚偏照畫堂秋思眉翠薄鬢雲

殘夜長衾枕寒　梧桐樹三更雨不道離情

正苦一葉葉一聲聲空堦滴到明

歸國遙

香玉翠鳳寶釵垂臾歎鈿筝交勝金粟越羅

春水淥　畫堂照簾殘燭夢餘更漏促謝娘

無限心曲曉屏山斷續

雙臉小鳳戰篦金颭艷舞衣無力風斂藕絲

秋色染　錦帳繡幃斜掩露珠清曉簟粉心

黃蕊花壓黛眉山兩點

酒泉子

花映柳條閑向綠萍池上凭欄干窺細浪雨

蕭蕭　近來音信兩踈索洞房空寂寞掩銀

屏垂翠箔度春宵

日映紗窻金鴨小屏山碧故鄉春煙靄隔背
蘭釭　宿粧惆悵倚高閣千里雲影薄草初
齊花又落鸎雙雙
楚女不歸樓枕小河春水月孤明風又起杏
花稀　玉釵斜簪雲鬟髻裙上金縷鳳八行
書千里夢鴈南飛
羅帶惹香猶繫別時紅豆淚痕新金縷舊斷
離腸　一雙嬌鸎語彫梁還是去年時節綠

陰濃芳草歇柳花狂

定西番

漢使昔年離别攀弱柳折寒梅上高臺　千里玉關春雪鴈來人不來羌笛一聲愁絕月徘徊

海鷰欲飛調羽萱草緑杏花紅隔簾櫳　雙鬟翠霞金縷一枝春艷濃樓上月明三五瑣窻中

細雨曉鶯春晚人似玉柳如眉正相思　羅幕翠簾初捲鏡中花一枝腸斷塞門消息鴈來稀

楊柳枝

宜春苑外最長條閑裊春風伴舞腰正是玉人腸絶處一渠春水赤欄橋

南内墻東御路傍須知春色柳絲黄杏花未肯無情思何事行人最斷腸

蘇小門前柳萬條毿毿金線拂平橋黃鶯不
語東風起深閉朱門伴舞腰
金縷毿毿碧瓦溝六宮眉黛惹香愁晚來更
帶龍池雨半拂欄干半入樓
館娃宮外鄴城西遠映征帆近拂堤繫得王
孫歸意切不同芳草綠萋萋
兩兩黃鸝色似金裊枝啼露動芳音春來幸
自長如線可惜牽纏蕩子心

御柳如絲映九重鳳皇窻映繡芙蓉景陽樓
畔千條路一面新粧待曉風
織錦機邊鶯語頻停梭垂淚憶征人塞門三
月猶蕭索縱有垂楊未覺春
南歌子
手裏金鸚鵡胷前繡鳳皇偷眼暗形相不如
從嫁與作鴛鴦
似帶如絲柳團酥握雪花簾捲玉鈎斜九衢

塵欲暮逐香車
髻墮低梳髻連娟細掃眉終日兩相思爲君
憔悴盡百花時
臉上金霞細眉間翠鈿深欹枕覆鴛衾隔簾
鶯百囀感君心
撲蕊添黄子呵花滿翠鬟鴛枕映屏山月明
三五夜對芳顔
轉眄如波眼娉婷似柳腰花裏暗相招憶君

膓欲斷恨春宵
懶拂鴛鴦枕休縫翡翠裙羅帳罷鑪熏近來
心更切爲思君

河瀆神

河上望叢祠廟前春雨來時楚山無限鳥飛
遲蘭棹空傷別離　何處杜鵑啼不歇艷紅
開盡如血蟬鬢美人愁絶百花芳草佳節
孤廟對寒潮西陵風雨蕭蕭謝娘惆悵倚欄

橈淚流玉筯千條　暮天愁聽思歸樂早梅
香滿山郭迴首兩情蕭索離魂何處飄泊
銅鼓賽神來滿庭幡蓋徘徊水村江浦過風
雷楚山如畫煙開　離別檣聲空蕭索玉容
惆悵粧薄青麥鷰飛落落捲簾愁對珠閣

女冠子

含嬌含笑宿翠殘紅窈窕鬢如蟬寒玉簪秋
水輕紗捲碧煙　雪胷鸞鏡裏琪樹鳳樓前

寄語青娥伴早求仙

霞帔雲髮鈿鏡仙容似雪畫愁眉遮語迴輕
扇含羞下繡幃　玉樓相望久花洞恨來遲
早晚乘鸞去莫相遺

玉胡蝶

秋風凄切傷離行客未歸時塞外草先衰江
南鴈到遲　芙蓉凋嫩臉楊柳墮新眉搖落
使人悲斷腸誰得知

花間集卷第一

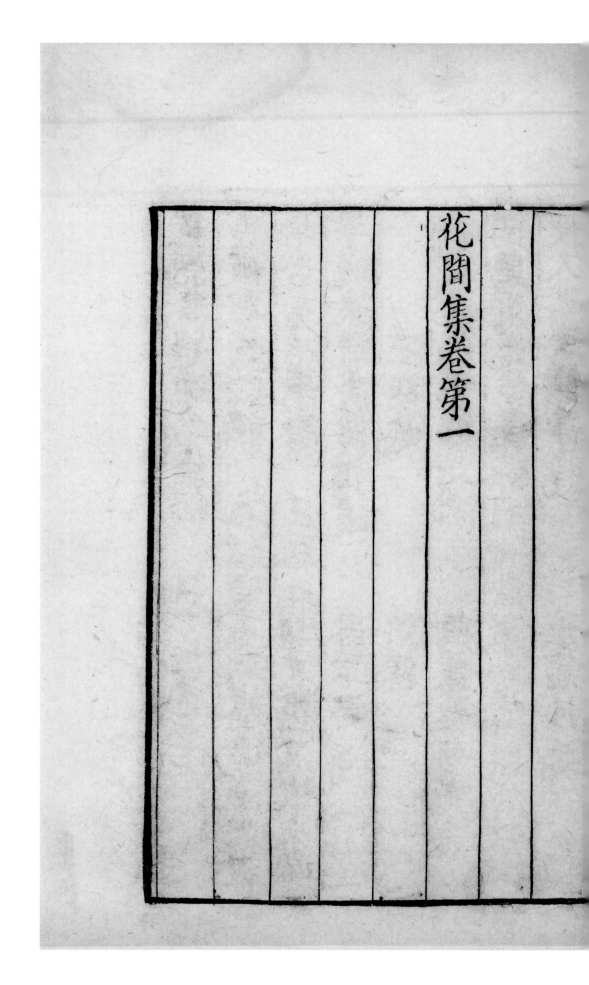

花閒集卷第二　四十九首

上陽春晚宮女愁蛾淺新歲清平思同輦爭
柰長安路遠　鳳帳鴛被徒燻寂寞花鎖千
門競把黃金買賦爲妾將上明君
洛陽愁絕楊柳花飄雪終日行人恣攀折橋
下水流嗚咽　上馬爭勸離觴南浦鶯聲斷
腸愁殺平原年少迴首揮淚千行

遐方怨

憑繡檻解羅幃未得君書斷腸瀟湘春鴈飛

不知征馬幾時歸海棠花謝也雨霏霏

花半拆雨初晴未捲珠簾夢殘惆悵聞曉鶯

宿粧眉淺粉山橫約鬢鸞鏡裏繡羅輕

訴衷情

鶯語花舞春晝午雨霏微金帶枕宮錦鳳皇

帷柳弱蝶交飛依依遼陽音信稀夢中歸

思帝鄉

花花滿枝紅似霞羅袖畫簾腸斷卓香車迴

面共人閑語戰篦金鳳斜唯有阮郎春盡不歸家

夢江南

千萬恨恨極在天涯山月不知心裏事水風空落眼前花揺曳碧雲斜

梳洗罷獨倚望江樓過盡千帆皆不是斜暉脉脉水悠悠腸斷白蘋洲

河傳

江畔相喚曉粧鮮仙景箇女採蓮請君莫向
那岸邊少年好花新滿舡　紅袖揺曳逐風
暖垂玉腕腸向柳絲斷浦南歸浦北歸莫知
晚來人已稀

湖上閑望雨蕭蕭煙浦花橋路遥謝娘翠娥
愁不銷終朝夢魂迷晚潮　蕩子天涯歸棹
遠春已晚鶯語空腸斷若耶溪溪水西柳堤
不聞郎馬嘶

同伴相喚杏花稀夢裏每愁依違仙客一去
鸞已飛不歸淚痕空滿衣　天際雲鳥引情
遠春已晚烟靄渡南苑雪梅香柳帶長小娘
轉令人意傷

蕃女怨

萬枝香雪開已遍細雨雙鸞鈿蟬箏金雀扇
畫梁相見鴈門消息不歸來又飛迴
磧南沙上驚鴈起飛雪千里玉連環金鏃箭

年年征戰畫樓離恨錦屏空杏花紅

荷葉盃

一點露珠凝冷波影滿池塘緑莖紅艷兩相
亂腸斷水風涼

鏡水夜來秋月如雪採蓮時小娘紅粉對寒
浪惆悵正思想

楚女欲歸南浦朝雨濕愁紅小舡搖漾入花
裏波起隔西風

天仙子　皇甫先輩松

晴野鷺鷥飛一隻水葓花發秋江碧劉郎此日別天仙登綺席淚珠滴十二晚峯高歷歷躑躅花開紅照水鷓鴣飛遶青山觜行人經歲始歸來千萬里錯相倚懊惱天仙應有以

浪濤沙

灘頭細草接疎林浪惡罾舡半欲沉宿鷺眠鷗飛舊浦去年沙觜是江心

蠻歌豆蔻北人愁浦雨杉風野艇秋浪起鵁
鶄眠不得寒沙細細入江流

楊柳枝

春入行宮映翠微玄宗侍女舞煙絲如今柳
向空城緑玉笛何人更把吹
爛熳春歸水國時吳王宫殿柳絲垂黄鶯長
叫空閨畔西子無因更得知

摘得新

酌一巵須教玉笛吹錦筵紅蠟燭莫來遲繁紅一夜經風雨是空枝

摘得新枝枝葉葉春管絃兼美酒最關人平生都得幾十度展香茵

夢江南

蘭燼落屏上暗紅蕉閑夢江南梅熟日夜船吹笛雨蕭蕭人語驛邊橋

樓上寢殘月下簾旌夢見秣陵惆悵事桃花

柳絮滿江城雙髻坐吹笙

採蓮子

菡萏香連十頃陂舉棹小姑貪戲採蓮遲年少
晚來弄水船頭濕舉棹更脫紅裙裹鴨兒年少

船動湖光灧灧秋舉棹貪看年少信船流年少
無端隔水拋蓮子舉棹遙被人知半日羞年少

浣溪沙　韋相莊

清曉粧成寒食天柳毬斜裊間花鈿捲簾直

出畫堂前　指點牡丹初綻朶日高猶自凭
朱欄含嚬不語恨春殘
欲上鞦韆四體慵擬交人送又心忪畫堂簾
幕月明風　此夜有情誰不極隔墻梨雪又
玲瓏玉容憔悴惹微紅
惆悵夢餘山月斜孤燈照壁背窻紗小樓高
閣謝娘家　暗想玉容何所似一枝春雪凍
梅花滿身香霧簇朝霞

綠樹藏鶯鶯正啼柳絲斜拂白銅堤弄珠江
上草萋萋　日暮飲歸何處客繡鞍驄馬一
聲嘶滿身蘭麝醉如泥
夜夜相思更漏殘傷心明月凭欄干想君思
我錦衾寒　咫尺畫堂深似海憶來唯把舊
書看幾時攜手入長安

菩薩蠻

紅樓別夜堪惆悵香燈半捲流蘇帳殘月出

門時美人和淚辭　琵琶金翠羽絃上黃鶯
語勸我早歸家緑窻人似花
人人盡說江南好遊人只合江南老春水碧
於天畫船聽雨眠　鑪邊人似月皓腕凝雙
雪未老莫還鄉還鄉須斷腸
如今却憶江南樂當時年少春衫薄騎馬倚
斜橋滿樓紅袖招　翠屏金屈曲醉入花叢
宿此度見花枝白頭誓不歸

勸君今夜須沉醉鐏前莫話明朝事珎重主
人心酒深情亦深　須愁春漏短莫許金盃
滿遇酒且呵呵人生能幾何
洛陽城裏春光好洛陽才子他鄉老柳暗魏
王堤此時心轉迷　桃花春水淥水上鴛鴦
浴凝恨對殘暉憶君君不知

歸國遥

春欲暮滿地落花紅帶雨惆悵玉籠鸚鵡單

棲無伴侶　南望去程何許問花花不語早
晚得同歸去恨無雙翠羽
金翡翠爲我南飛傳我意罨畫橋邊春水幾
年花下醉　別後只知相愧淚珠難遠寄羅
幕繡幃鴛被舊歡如夢裏
春欲晚戲蝶遊蜂花爛熳日落謝家池館柳
絲金縷斷　睡覺綠鬟風亂畫屏雲雨散閑
倚博山長歎淚流沾皓腕

應天長

綠槐陰裏黃鶯語深院無人春晝午畫簾垂

金鳳舞寂寞繡屏香一炷　碧天雲無定處

空有夢魂來去夜夜綠窻風雨斷腸君信否

別來半歲音書絕一寸離腸千萬結難相見

易相別又是玉樓花似雪　暗相思無處說

惆悵夜來煙月想得此時情切淚沾紅袖黦

荷葉盃

絕代佳人難得傾國花下見無期一雙愁黛遠山眉不忍更思惟　閑掩翠屏金鳳殘夢羅幕畫堂空碧天無路信難通惆悵舊房櫳

記得那年花下深夜初識謝娘時水堂西面畫簾垂攜手暗相期　惆悵曉鶯殘月相別從此隔音塵如今俱是異鄉人相見更無因

清平樂

春愁南陌故國音書隔細雨霏霏梨花白鷰

拂畫簾金額　盡日相望王孫塵滿衣上淚痕誰向橋邊吹笛駐馬西望銷魂

野花芳草寂寞關山道柳吐金絲鶯語早惆悵香閨暗老　羅帶悔結同心獨凭朱欄思深夢覺半床斜月小窗風觸鳴琴

何處遊女蜀國多雲雨雲解有情花解語窣地繡羅金縷　粧成不整金鈿含羞待月鞦韆住在綠槐陰裏門臨春水橋邊

鶯啼殘月繡閤香燈滅門外馬嘶郎欲別正是落花時節　粧成不畫蛾眉含愁獨倚金扉去路香塵莫掃掃即郎去歸遲

望遠行

欲別無言倚畫屏含恨暗傷情謝家庭樹錦鷄鳴殘月落邊城　人欲別馬頻嘶綠槐千里長堤出門芳草路萋萋雲雨別來易東西不忍別君後却入舊香閨

花間集卷第二

花間集卷第三　五十首

韋相莊二十五首

謁金門　韋相莊

春漏促金爐暗挑殘燭一夜簾前風撼竹夢魂相斷續　有箇嬌饒如玉夜夜繡屏孤宿閑抱琵琶尋舊曲遠山眉黛綠

空相憶無計得傳消息天上常娥人不識寄書何處覓　新睡覺來無力不忍把伊書跡滿院落花春寂寂斷腸芳草碧

江城子

恩重嬌多情易傷漏更長解鴛鴦朱唇未動
先覺口脂香緩揭繡衾抽皓腕移鳳枕枕潘郎
髺鬟狼籍黛眉長出蘭房別檀郎角聲嗚咽
星斗漸微茫露冷月殘人未起留不住淚千行

河傳

何處煙雨隋堤春暮柳色葱蘢畫撓金縷翠
旗高颭香風水光融　青娥殿脚春粧媚輕
雲裹綽約司花妓江都宮闕清淮月映迷樓

古今愁

春晚風暖錦城花滿狂殺遊人玉鞭金勒尋勝馳驟輕塵惜良晨　翠娥爭勸臨邛酒纖纖手拂面垂絲柳歸時煙裏鐘鼓正是黄昏暗銷魂

錦浦春女繡衣金縷霧薄雲輕花深柳暗時節正是清明雨初晴　玉鞭魂斷煙霞路鶯鶯語一望巫山雨香塵隱映遥見翠檻紅樓

黛眉愁

天仙子

悵望前回夢裏期看花不語苦尋思露桃宫裏小腰肢眉眼細鬢雲垂唯有多情宋玉知

深夜歸來長酩酊扶入流蘇猶未醒醺醺酒氣麝蘭和驚睡覺笑呵呵長道人生能幾何

蟾彩霜華夜不分天外鴻聲枕上聞繡衾香冷嬾重熏人寂寂葉紛紛纔睡依前夢見君

夢覺雲屏依舊空杜鵑聲咽隔簾櫳玉郎薄
幸去無蹤一日日恨重重淚界蓮腮兩線紅
金似衣裳玉似身眼如秋水鬢如雲霞裙月帔
一羣羣來洞口望煙分劉阮不歸春日曛

喜遷鶯

人洶洶鼓鼕鼕襟袖五更風大羅天上月朦
朧騎馬上虛空　香滿衣雲滿路鸞鳳遶身
飛舞霓旌絳節一羣羣引見玉華君

街鼓動禁城開天上探人迴鳳銜金牓出雲
來平地一聲雷　鶯已遷龍已化一夜滿城
車馬家家樓上簇神仙爭看鶴冲天

思帝鄉

雲髻墜鳳釵垂髻墜釵垂無力枕函欹翡翠
屏深月落漏依依說盡人間天上兩心知
春日遊杏花吹滿頭陌上誰家年少足風流
妾擬將身嫁與一生休縱被無情弃不能羞

訴衷情

燭燼香殘簾未捲夢初驚花欲榭深夜月朧明何處按歌聲輕輕舞衣塵暗生負春情

碧沼紅芳煙雨靜倚欄橈垂玉珮交帶裊纖腰鴛夢隔星橋迢迢越羅香暗銷墜花翹

上行盃

芳草灞陵春岸柳煙深滿樓絃管一曲離聲腸寸斷　今日送君千萬紅縷玉盤金縷盞

須勸珎重意莫辭滿

白馬玉鞭金轡少年郎離別容易迢遞去程

千萬里 惆悵異鄉雲水滿酌一盃勸和淚

須愧珎重意莫辭醉

女冠子

四月十七正是去年今日別君時忍淚佯低

面含羞半斂眉 不知魂已斷空有夢相隨

除却天邊月没人知

昨夜夜半枕上分明夢見語多時依舊桃花
面頻低柳葉眉　半羞還半喜欲去又依依
覺來知是夢不勝悲

更漏子

鍾鼓寒樓閣暝月照古桐金井深院閑小庭
空落花香露紅　煙柳重春霧薄燈背水窻
高閣閑倚戶暗沾衣待郎郎不歸

酒泉子

月落星沉樓上美人春睡緑雲傾金枕膩畫屏深 子規啼破相思夢曙色東方纔動柳烟輕花露重思難任

木蘭花

獨上小樓春欲暮愁望玉關芳草路消息斷不逢人却斂細眉歸繡戸 坐看落花空歎息羅袂濕斑紅淚滴千山萬水不曾行魂夢欲教何處覓

小重山

一閉昭陽春又春夜寒宫漏永夢君恩卧思陳事暗消魂羅衣濕紅袂有啼痕　歌吹隔重閽遶庭芳草緑倚長門萬般惆悵向誰論凝情立宫殿欲黄昏

浣溪沙　薛侍郎昭緼

紅蓼渡頭秋正雨印沙鷗跡自成行整鬟飄袖野風香　不語含嚬深浦裏幾迴愁煞棹

船郎鸞歸帆盡水茫茫
鈿匣菱花錦帶垂靜臨蘭檻卸頭時約鬟低
珥筭歸期　茂苑草青湘渚闊夢餘空有漏
依依二年終日損芳菲
粉上依俙有淚痕郡庭花落欲黃昏遠情深
恨與誰論　記得去年寒食日延秋門外卓
金輪日斜人散暗銷魂
握手河橋柳似金蜂鬚輕惹百花心蕙風蘭

思寄清琴　意滿便同春水滿情深還似酒
盃深楚煙湘月兩沉沉
簾下三間出寺墻滿街垂柳綠陰長嫩紅輕
翠閒濃粧　瞥地見時猶可可却來閑處暗
思量如今情事隔仙鄉
江館清秋攬客船故人相送夜開筵麝煙蘭
燄簇花鈿　正是斷魂迷楚雨不堪離恨咽
湘絃月高霜白水連天

傾國傾城恨有餘幾多紅淚泣姑蘇倚風凝
睇雪肌膚　吳主山河空落日越王宮殿半
平蕪藕花菱蔓滿重湖
越女淘金春水上步摇雲鬟珮鳴璫渚風江
草又清香　不爲遠山凝翠黛只應含恨向
斜陽碧桃花榭憶劉郎

喜遷鶯

殘蟾落曉鍾鳴羽化覺身輕乍無春睡有餘

醒杏苑雪初晴　紫陌長襟袖冷不是人間
風景迴看塵土似前生休羨谷中鶯
金門曉玉京春駿馬驟輕塵樺煙深處白衫
新認得化龍身　九陌喧千戶啓滿袖桂香
風細杏園歡宴曲江濱自此占芳辰
清明節雨晴天得意正當年馬驕泥軟錦連
乾香袖半籠鞭　花色融人晉賞盡是繡鞍
朱鞅日斜無計更留連歸路草和煙

小重山

春到長門春草青玉堦華露滴月朧明東風吹斷紫簫聲宮漏促簾外曉啼鶯　愁極夢難成紅粧流宿淚不勝情手挼裙帶遶階行思君切羅幌暗塵生愁極作愁起遶階作遶宮非是合從舊本

秋到長門秋草黃畫梁雙鷰去出宮墻玉簫無復理霓裳金蟬墜鸞鏡掩休粧　憶昔在昭陽舞衣紅綬帶繡鴛鴦至今猶惹御鑪香

魂夢斷愁聽漏更長

離別難

寶馬曉鞴彫鞍羅幃乍別情難那堪春景媚

送君千萬里半粧珠翠落露華寒紅蠟燭青

絲曲偏能鈎引淚闌干　良夜促香塵綠魂

欲迷檀眉半斂愁低未別心先咽欲語情難

說出芳草路東西揺袖立春風急櫻花楊柳

雨淒淒

相見歡

羅襦繡袂香紅畫堂中細草平沙蕃馬小屏風　卷羅幕凭粧閣思無窮暮雨輕煙魂斷隔簾櫳

醉公子

慢綰青絲髮光砑吴綾襪床上小熏籠韶州新退紅　叵耐無端處捻得從頭汚惱得眼慵開問人閑事來

女冠子

求仙去也翠鈿金篦盡捨入喦巒霧捲黃羅帔雲彫白玉冠　野煙溪洞冷林月石橋寒靜夜松風下禮天壇

雲羅霧縠新授明威法籙降真函髻綰青絲髮冠抽碧玉篸　往來雲過五去住島經三正遇劉郎使啓瑤緘

謁金門

春滿院疊損羅衣金線睡覺水精簾未捲簷
前雙語鶯　斜掩金鋪一扇滿地落花千片
早是相思腸欲斷忍交頻夢見

柳枝　牛給事　嶠

解凍風來末上青解垂羅袖拜卿卿無端裊
娜臨官路舞送行人過一生
吴王宮裏色偏深一簇纖條萬縷金不憤前
塘蘇小小引郎松下結同心

橋北橋南千萬條恨伊張緒不相饒金羈白
馬臨風望認得楊家靜婉腰
狂雪隨風撲馬飛惹煙無力被春欺莫交移
入靈和殿宮女三千又妬伊
裊翠籠煙拂暖波舞裙新染麴塵羅章華臺
畔隋堤上傍得春風尔許多

花間集卷第三

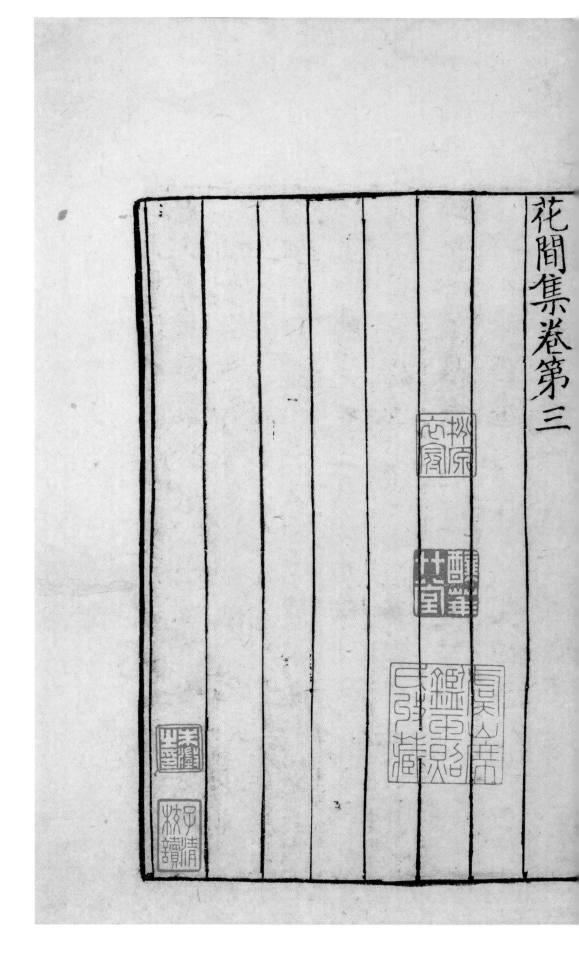

沈氏粹芬閣所得善本書

花閒集卷第四

牛給事嶠二十六首

康熙　庚辰

緑雲高髻點翠匀紅時世月如眉淺笑含雙

醫低聲唱小詞　眼看唯恐化魂蕩欲相隨
玉趾迴嬌步約佳期
錦江煙水卓女燒春濃美小檀霞繡帶芙蓉
帳金釵芍藥花　額黃侵膩髮臂釧透紅紗
柳暗鶯啼處認郎家
星冠霞帔住在蘂珠宮裏佩丁當明翠搖蟬
翼纖珪理宿粧　醮壇春草綠藥院杏花香
青鳥傳心事寄劉郎

雙飛雙舞春晝後園鶯語卷羅幃錦字書封
了銀河鴈過遲　鴛鴦排寶帳荳蔻繡連枝
不語勻珠淚落花時

夢江南

啣泥鷰飛到畫堂前占得杏梁安穩處體輕
唯有主人憐堪羡好因縁
紅繡被兩兩間鴛鴦不是鳥中偏愛尔為縁
交頸睡南塘全勝薄情郎

感恩多

兩條紅粉淚多少香閨意強攀桃李枝斂愁眉　陌上鶯啼蝶舞柳花飛柳花飛願得郎心憶家還早歸

自從南浦别愁見丁香結近來情轉深憶鴛衾　幾度將書託煙鴈淚盈襟淚盈襟禮月求天願君知我心

應天長

玉樓春望晴煙滅舞衫斜卷金條脫黃鸝嬌
囀聲初歇杏花飄盡攏山雪　鳳釵低赴節
筵上王孫愁絕鴛鴦對嘲羅結兩情深夜月
雙眉澹薄藏心事清夜背燈嬌又醉玉釵橫
山枕膩寶帳鴛鴦春睡美　別經時無限意
虛道相思憔悴莫信綵牋書裏賺人腸斷字

更漏子

星漸稀漏頻轉何處輪臺聲怨香閣掩杏花

紅月明楊柳風　挑錦字記情事唯願兩心
相似收淚語背燈眠玉釵橫枕邊
春夜闌更漏促金燼暗挑殘燭驚夢斷錦屏
深兩鄉明月心　閨草碧望歸客還是不知
消息辜負我悔憐君告天天不聞
南浦情紅粉淚爭柰兩人深意低翠黛卷征
衣馬嘶霜葉飛　招手別寸腸結還是去年
時節書託鴈夢歸家覺來江月斜

望江怨

東風急惜別花時手頻執羅幃愁獨入馬嘶殘雨春蕪濕倚門立寄語薄情郎粉香和淚泣

菩薩蠻

舞裙香暖金泥鳳畫梁語鷰驚殘夢門外柳花飛玉郎猶未歸　愁匀紅粉淚眉剪春山翠何處是遼陽錦屏春晝長

柳花飛處鶯聲急晴街春色香車立金鳳小

簾開臉波和恨來　今宵求夢想難到青樓上贏得一塲愁鴛衾誰竝頭

玉釵風動春幡急交枝紅杏籠煙泣樓上望卿卿窻寒新雨晴　薰爐蒙翠被繡帳鴛鴦睡何處最相知羨他初畫眉

畫屏重疊巫陽翠楚神尚有行雲意朝暮幾般心向他情謾深　風流今古隔虛作瞿塘客山月照山花夢迴燈影斜

風簾鸞舞鶯啼柳粧臺約鬟低纖手釵重髻
盤珊一枝紅牡丹　門前行樂客白馬嘶春
色故故墜金鞭迴頭應眼穿
綠雲鬟上飛金雀愁眉斂翠春煙薄香閤掩
芙蓉畫屏山幾重　窗寒天欲曙猶結同心
苣啼粉汚羅衣問郎何日歸
玉樓冰簟鴛鴦錦粉融香汗流山枕簾外轆
轤聲斂眉含笑驚　柳陰煙漠漠低鬟蟬釵

落須作一生拚盡君今日歡

酒泉子

記得去年煙暖杏園花正發雪飄香江草綠柳絲長　鈿車纖手卷簾望眉學春山樣鳳釵低裊翠鬟上落梅妝

定西番

紫塞月明千里金甲冷戍樓寒夢長安　鄉思望中天闊漏殘星亦殘畫角數聲嗚咽雪

漫漫

玉樓春

春入橫塘搖淺浪花落小園空惆悵此情誰信爲狂夫恨翠愁紅流枕上　小玉窻前嗔鷰語紅淚滴穿金線縷鴈歸不見報郎歸織成錦字封過與

西溪子

捍撥雙盤金鳳蟬鬢玉釵搖動畫堂前人不

語絃解語彈到昭君怨處翠娥愁不擡頭

江城子

鵁鶄飛起郡城東碧江空半灘風越王宮殿蘋葉藕花中簾卷水樓漁浪起千片雪雨濛濛

極浦煙消水鳥飛離筵分首時送金卮渡口楊花狂雪任風吹日暮空江波浪急芳草岸雨如絲

浣溪沙　張舍人 泌

鈿轂香車過柳堤樺煙分處馬頻嘶爲他沉
醉不成泥 花滿驛亭香露細杜鵑聲斷玉
蟾低含情無語倚樓西
馬上凝情憶舊遊照花淹竹小溪流鈿箏羅
幕玉搔頭 早是出門長帶月可堪分袂又
經秋晚風斜日不勝愁
獨立寒堦望月華露濃香泛小庭花繡屏愁
背一燈斜 雲雨自從分散後人間無路到

仙家但憑魂夢訪天涯
依約殘眉理舊黄翠鬟拋擲一簪長暖風晴
日罷朝粧　閑折海棠看又撚玉纖無力惹
餘香此情誰會倚斜陽
翡翠屏開綉幄紅謝娥無力曉粧慵錦帷鴛
被宿香濃　微雨小庭春寂寞鷰飛鶯語隔
簾櫳杏花凝恨倚東風
枕障燻鑪隔綉幃二年終日兩相思杏花明

月始應知　天上人間何處去舊歡新夢覺
來時黄昏微雨畫簾垂
花月香寒悄夜塵綺筵幽會暗傷神嬋娟依
約畫屏人　人不見時還暫語令纔拋後愛
微顰越羅巴錦不勝春
偏戴花冠白玉簪睡容新起意沉吟翠鈿金
縷鎮眉心　小檻日斜風悄悄隔簾零落杏
花陰斷香輕碧鏁愁深

晚逐香車入鳳城東風斜揭繡簾輕慢迴嬌
眼笑盈盈　消息未通何計是便須佯醉且
隨行依稀聞道太狂生
小市東門欲雪天衆中依約見神仙蘂黃香
畫帖金蟬　飲散黃昏人草草醉容無語立
門前馬嘶塵烘一街煙

臨江仙

煙收湘渚秋江靜蕉花露泣愁紅五雲雙鶴

去無蹤幾迴魂斷凝望向長空　翠竹暗留
珠淚怨閑調寶瑟波中花鬟月鬢綠雲重古
祠深殿香冷雨和風

女冠子

露花煙草寂寞五雲三島正春深皃減潛銷
玉香殘尚惹襟　竹疎虛檻靜松密醮壇陰
何事劉郎去信沉沉

河傳

渺莽雲水惆悵暮帆去程迢遞夕陽芳草千里萬里鴈聲無限起　夢魂悄斷煙波裏心如醉相見何處是錦屏香冷無睡被頭多少淚

紅杏交枝相映密密濛濛一庭濃豔倚東風香融透簾攏　斜陽似共春光語蝶爭舞更引流鶯妬魂銷千片玉罇前神仙瑶池醉暮天

酒泉子

春雨打窻驚夢覺來天氣曉畫堂深紅焰小

背蘭釭 酒香噴鼻懶開釭惆悵更無人共
醉舊巢中新鷰子語雙雙
紫陌青門三十六宮春色御溝輦路暗相通
杏園風 咸陽沽酒寶釵空笑指未央歸去
插花走馬落殘紅月明中

生查子

相見稀喜相見相見還相遠檀畫荔枝紅金
蔓蜻蜓軟 魚鴈疏芳信斷花落庭陰晚可

惜玉肌膚銷瘦成慵懶

思越人

鷰雙飛鶯百囀越波堤下長橋鬬鈿花笄金匣恰舞衣羅薄纖腰　東風澹蕩慵無力黛眉愁聚春碧滿地落花無消息月明腸斷空憶

滿宮花

花正芳樓似綺寂寞上陽宮裏鈿籠金瑣睡鴛鴦簾冷露華珠翠　嬌艷輕盈香雪膩細

雨黄鶯雙起東風惆悵欲清明公子橋邊沉醉

柳枝

膩粉瓊粧透碧紗雪休誇金鳳搔頭墜鬢斜髮交加　倚着雲屏新睡覺思夢笑紅腮隱出枕函花有些些

南歌子

柳色遮樓暗桐花落砌香畫堂開處遠風涼高卷水精簾額襯斜陽

岸柳拖煙綠庭花照日紅數聲蜀魄入簾攏
驚斷碧窻殘夢畫屏空
錦薦紅鸂鶒羅衣繡鳳皇綺疎飄雪北風狂
簾幕盡垂無事鬱金香

花間集卷第四

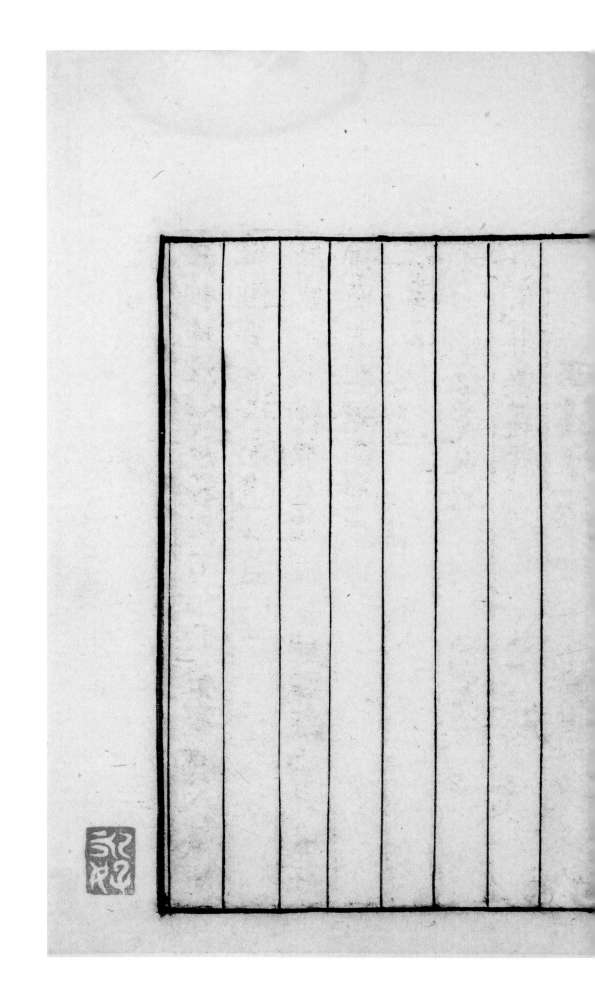

花間集卷第五　五十首

牛學士 希濟 十一首

臨江仙 七首　酒泉子 一首

生查子 一首　中興樂 一首

謁金門 一首

歐陽舍人 炯 四首

浣溪沙 三首　三字令 一首

江城子　張舍人 泌

碧欄干外小中庭雨初晴曉鶯聲飛絮落花

時節近清明睡起卷簾無一事匀面了没心情
浣花溪上見卿卿臉波秋水明黛眉輕緑雲
高綰金簇小蜻蜓好是問他來得磨和笑道
莫多情

河瀆神

古樹噪寒鴉滿庭楓葉蘆花晝燈當午隔輕
紗畫閣珠簾影斜　門外往來祈賽客翩翩
帆落天涯迴首隔江煙火渡頭三兩人家

胡蝶兒

胡蝶兒晚春時阿嬌初着淡黃衣倚窻學畫伊　還似花間見雙雙對對飛無端和淚拭燕脂惹教雙翅垂

虞美人　　毛司徒文錫

鴛鴦對浴銀塘暖水面蒲梢短垂楊低拂麴塵波蛟絲結網露珠多滴圓荷　遥思桃葉吳江碧便是天河隔錦鱗紅鬣影沉沉相思

空有夢相尋意難任

寶檀金縷鴛鴦枕綬帶盤宮錦夕陽低映小窗明南園綠樹語鶯鶯夢難成　玉罏香暖頻添炷滿地飄輕絮珠簾不卷度沉煙庭前閑立畫鞦韆艷陽天

酒泉子

綠樹春深鷰語鶯啼聲斷續蕙風飄蕩入芳叢惹殘紅　柳絲無力裊煙空金盞不辭須

滿酌海棠花下思朦朧醉香風

喜遷鶯

芳春景曖晴煙喬木見鶯遷傳枝隈葉語關關飛過綺叢間　錦翼鮮金毳軟百囀千嬌相喚碧紗窻曉怕聞聲驚破鴛鴦暖

賛成功

海棠未坼萬點深紅香包緘結一重重似含羞態邀勒春風蜂來蝶去任遶芳叢　昨夜

微雨飄灑庭中忽聞聲滴井邊桐美人驚起
坐聽晨鍾快教折取戴玉瓏璁

西溪子

昨日西溪遊賞芳樹奇花千樣瑣春光金罇
滿聽絃管嬌妓舞衫香暖不覺到斜暉馬馱歸

中興樂

荳蔻花繁煙艷深丁香軟結同心翠鬟女相
與共淘金　紅蕉葉裏猩猩語鴛鴦浦鏡中

鸞舞絲雨㒂荔枝陰

更漏子

春夜闌春恨切花外子規啼月人不見夢難憑紅紗一點燈　偏怨别是芳節庭下丁香千結宵霧散曉霞輝梁間雙鷰飛

接賢賓

香韉鏤襜五花驄值春景初融流珠噴沫躞蹀汗血流紅　少年公子能乗馭金鑣玉轡

瓏璁爲惜珊瑚鞭不下驕生百步千蹤信穿花從拂柳向九陌追風

贊浦子

錦帳添香睡金鑪換夕薰懶結芙蓉帶慵拖翡翠裙 正是桃夭柳媚那堪暮雨朝雲宋玉高唐意裁瓊欲贈君

甘州遍

春光好公子愛閑遊足風流金鞍白馬雕弓

寶劒紅纓錦襜出長鞦　花蔽膝玉銜頭尋
芳逐勝歡宴絲竹不曾休美人唱揭調是甘
州醉紅樓堯年舜日樂聖永無憂

秋風緊平磧鴈行低陣雲齊蕭蕭颯颯邊聲
四起愁聞戍角與征鼙　青塚北黒山西沙
飛聚散無定往往路人迷鐵衣冷戰馬血沾
蹄破蕃奚鳳皇詔下步步躡丹梯

紗窻恨

新春鷰子還來至一雙飛壘巢泥濕時時墜涴人衣　後園裏看百花發香風拂繡戶金扉月照紗窻恨依依

雙雙蝶翅塗鉛粉咂花心綺窻繡戶飛來穩畫堂陰　二三月愛隨飄絮伴落花來拂衣襟更剪輕羅片傳黃金

柳含煙

隋堤柳汴河春夾岸緑陰千里龍舟鳳舸木

蘭香錦帆張　因夢江南春景好一路流蘇
羽葆笙歌未盡起横流鏁春愁
河橋柳占芳春映水含煙拂路幾迴攀折贈
行人暗傷神　樂府吹爲横笛曲能使離腸
斷續不如移植在金門近天恩
章臺柳近垂旒低拂往來冠蓋朧朧春色滿
皇州瑞煙浮　直與路邊江畔别免被離人
攀折最憐京兆畫蛾眉葉纖時

御溝柳占春多半出宮墻婀娜有時倒影蘸
輕羅麴塵波 昨日金鑾巡上苑風亞舞腰
纖軟裁培得地近皇宮瑞煙濃

醉花間

休相問怕相問相問還添恨春水滿塘生鸂
鶒還相趁 昨夜雨霏霏臨明寒一陣偏憶
戍樓人久絕邊庭信
深相憶莫相憶相憶情難極銀漢是紅墻一

帶遥相隔　金盤珠露滴兩岸榆花白風揺
玉珮清今夕爲何夕
浣沙溪
春水輕波浸緑苔枇杷洲上紫檀開晴日眠
沙鸂鶒穏暖相偎　羅襪生塵游女過有人
逢着弄珠迴蘭麝飄香初解珮忘歸來
浣溪沙
七夕年年信不違銀河清淺白雲微蟾光鵲

影伯勞飛　每恨蟪蛄憐婺女幾迴嬌妬下
鵲橋今宵嘉會兩依依

月宮春

水精宮裏桂花開神仙探幾迴　紅芳金蕊繡
重臺低傾馬腦盃　玉兔銀蟾爭守護姮娥
姹女戲相隈遥聽鈞天九奏玉皇親看來

戀情深

滴滴銅壺寒漏咽醉紅樓月宴餘香殿會鴛

衾蕩春心　真珠簾下曉光侵鶯語隅瓊林
寶帳欲開慵起戀情深
玉殿春濃花爛熳簇神仙伴羅裙窣地縷黃
金奏清音　酒闌歌罷兩沉沉一笑動君心
永願作鴛鴦伴戀情深

訴衷情

桃花流水漾縱橫春晝彩霞明劉郎去阮郎
行惆悵恨難平　愁坐對雲屏筭歸程何時

携手洞邊迎訴衷情

鴛鴦交頸繡衣輕碧沼藕花馨隈藻荇映蘭汀和雨浴浮萍　思婦對心驚想邊庭何時解珮掩雲屏訴衷情

應天長

平江波暖鴛鴦語兩兩釣船歸極浦蘆洲一夜風和雨飛起淺沙翹雪鷺　漁燈明遠渚蘭棹今宵何處羅袂從風輕舉愁殺採蓮女

河滿子

紅粉樓前月照碧紗窻外鶯啼夢斷遼陽音信那堪獨守空閨恨對百花時節王孫緑草萋萋

巫山一段雲

雨霽巫山上雲輕映碧天遠風吹散又相連十二晚峯前　暗濕啼猿樹高籠過客船朝朝暮暮楚江邊幾度降神仙

臨江仙

暮蟬聲盡落斜陽銀蟾影挂瀟湘黃陵廟側水茫茫楚山紅樹煙雨隔高唐　岸泊漁燈風颭碎白蘋遠散濃香靈娥鼓瑟韻清商朱絃淒切雲散碧天長

臨江仙　牛學士 希濟

峭碧參差十二峯冷煙寒樹重重瑤姬宮殿是仙蹤金鑪珠帳香靄晝偏濃　一自楚王

驚夢斷人間無路相逢至今雲雨帶愁容月
斜江上征棹動晨鍾
謝家仙觀寄雲岑巖蘿拂地成陰洞房不閑
白雲深當時丹竈一粒化黄金　石壁霞衣
猶半挂松風長似鳴琴時聞唳鶴起前林十
洲高會何處許相尋
渭闕宫城秦樹凋玉樓獨上無憀含情不語
自吹簫調清和恨天路逐風飄　何事乗龍

人忽降似知深意相招三清攜手路非遥世
間屏障彩筆畫嬌饒
江繞黄陵春廟閑嬌鶯獨語關關滿庭重疊
緑苔班陰雲無事四散自歸山　簫鼓聲稀
香燼冷月娥斂盡彎環風流皆道勝人間須
知狂客判死爲紅顔
素洛春光瀲灎平千重媚臉初生凌波羅襪
勢輕輕煙籠日照珠翠半分明　風引寶衣

疑欲舞鸞迴鳳翥翦堪蘸也知心許恐無成陳
王辭賦千載有聲名
柳帶搖風漢水濱平蕪兩岸爭匀鴛鴦對浴
浪痕新弄珠游女微笑自含春　輕步暗移
蟬鬢動羅裙風惹輕塵水精宮殿豈無因空
勞纖手解珮贈情人
洞庭波浪颭晴天君山一點凝煙此中真境
屬神仙玉樓珠殿相映月輪邊　萬里平湖

秋色冷星辰垂影參然橘林霜重更紅鮮羅
浮山下有路暗相連

酒泉子

枕轉簟涼清曉遠鍾殘夢月光斜簾影動舊
鑪香　夢中說盡相思事纖手勻雙淚去年
書今日意斷離腸

生查子

春山煙欲收天澹稀星小殘月臉邊明別淚

臨清曉　語已多情未了迴首猶重道記得
綠羅裙處處憐芳草　一本無已字

中興樂

池塘暖碧浸晴暉濛濛柳絮輕飛紅蘂凋來
醉夢還稀　春雲空有鴈歸珠簾垂東風寂
寞恨郎拋擲淚濕羅衣

謁金門

秋已暮重疊關山歧路嘶馬搖鞭何處去曉

禽霜滿樹　夢斷禁城鍾鼓淚滴枕檀無數
一點凝紅和薄霧翠娥愁不語

浣溪沙　歐陽舍人 炯

落絮殘鶯半日天玉柔花醉只思眠惹窻映
竹滿爐煙　獨掩畫屏愁不語斜欹瑤枕髻
鬟偏此時心在阿誰邊
天碧羅衣拂地垂美人初着更相宜宛風如
舞透香肌　獨坐含嚬吹鳳竹園中緩步折

花枝有情無力泥人時
相見休言有淚珠酒闌重得叙歡娛鳳屏鴛
枕宿金鋪　蘭麝細香聞喘息綺羅纖縷見
肌膚此時還恨薄情無

三字令

春欲盡日遲遲牡丹時羅幌卷翠簾垂彩牋
書紅粉淚兩心知　人不在鷰空歸負佳期
香燼落枕函欹月分明花澹薄惹相思

花間集卷第五

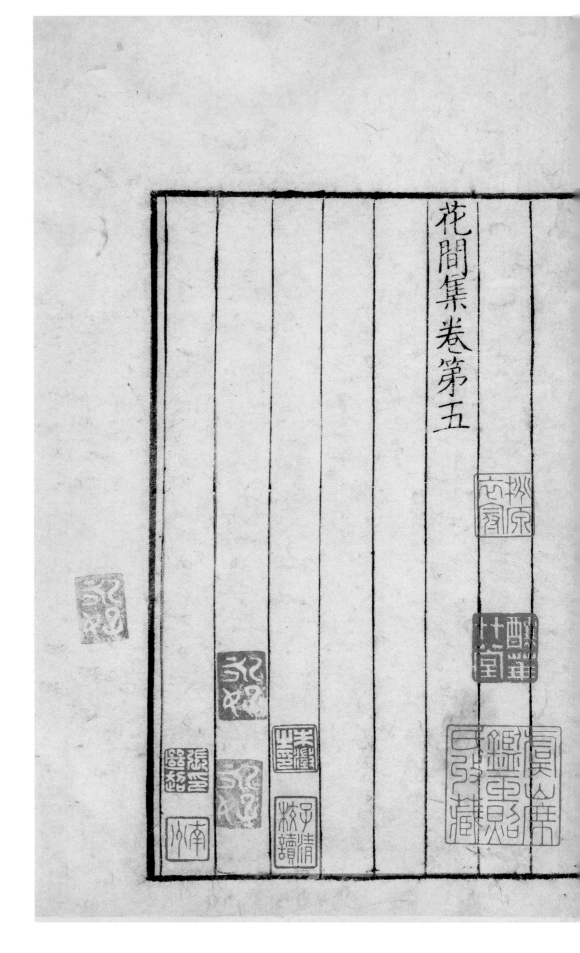